**Bisher erschienen:**

Der magische Funkelstein
Das Geheimnis der schwarzen Feder
Der verschwundene Fluss
*Gefahr im Elfenwald*

Karen Christine Angermayer

# Rubinia Wunderherz

## Die mutige Waldelfe

## Gefahr im Elfenwald

Illustriert von Elke Broska

Band 4

Loewe

**Ihre Meinung zählt!**

Nehmen Sie jetzt an einer kurzen Elternbefragung des Loewe Verlags teil und beeinflussen Sie die zukünftige Entwicklung unserer Kinderbücher:

**www.elternbefragung.online**

Unser Kinderbuch-Newsletter bietet alle Infos zu Neuerscheinungen und tollen Veranstaltungen, exklusive Gewinnspiele und vieles mehr!

Jetzt kostenlos abonnieren: www.loewe-verlag.de

FSC
www.fsc.org
MIX
Papier aus verantwortungsvollen Quellen
FSC® C109273

ISBN 978-3-7432-1196-4
1. Auflage 2022

Bühlstraße 4, D-95463 Bindlach
Umschlag- und Innenillustrationen: Elke Broska
Umschlaggestaltung: Michael Dietrich
Printed in the EU

www.loewe-verlag.de

# Inhalt

*Für Johannes. Für Nike. Und für Angela.*
*Mit euch ist jeder Tag ein Fest.*

Wenn der erste Tautropf' fällt,
dann erwacht Rubinias Welt.
Tannen grüßen Vater Sonne,
Maulwürf' rekeln sich voll Wonne.

Zwischen Blättern, Ästen, Zweigen
tanzen Elfen ihren Reigen.
Siehst du Regenbogen blitzen,
sind es ihrer Flügel Spitzen!

Doch ach, weh, auch hier vorm Wald
machen böse Mächt' nicht halt.

Uralt ist der Väter Fehde
und im Wald geht das Gerede,
dass nicht beizulegen sei,
was die Welten einst entzweit.

Wird Rubinias lichtes Wesen
eines Tags die Wahrheit lesen?
Und mit ihrem reinen Herzen
wandeln die verborgnen Schmerzen?

Sei dabei, wenn die Magie
Freud und Licht bringt wie noch nie!
Und auch in dir, so viel ist klar,
steckt ein Körnchen „wunderbar"!

# Der Frühling ist da

Endlich war der Winter vorbei! Zum ersten Mal in diesem Jahr trafen sich die Elfen im Freien, um ihr Mittwochsfest zu feiern. Fröhlich saßen sie auf dem Festplatz zusammen und unterhielten sich. Die Tische waren mit weißen, gelben und lila Krokussen verziert. Florentine, die Waldkonditorin, hatte sich selbst übertroffen: Ihre Kuchen, Aufläufe und Törtchen schmeckten so frisch und leicht wie der Frühling.

„Wo bleibt denn Rubinia?", fragte Lorian, der Elfenjunge. „Wenn sie sich nicht beeilt, sind alle Apfelkrapfen weg." Er und Enja sahen sich suchend nach ihrer Freundin um.

Da kam die kleine Waldelfe

angeflogen. Sie strahlte übers ganze Gesicht. Ihr Haar war wieder einmal vollkommen verstrubbelt. Rubinia liebte es, die tiefsten Winkel im Wald zu erforschen. Kein Gebüsch war ihr zu dicht.

„Die Blumen sind da!", rief sie begeistert. Sie nahm neben ihren Freunden Platz. „Ihre Blüten sind dieses Jahr noch schöner als sonst. Fast hätte ich unser Treffen hier vergessen, weil es so viel zu entdecken gibt! Sind die bunten Farben nicht toll?"

Enja nickte. „Ich mag den Frühling auch sehr."

Lorian erhob sich. „Und ich mag am liebsten Florentines Frühlingskuchen. Ich hole mir noch welchen. Soll ich dir ein Stück mitbringen?", fragte er Rubinia.

Die kleine Elfe nickte erfreut. „Und bitte auch ein großes Glas Waldmeister-Limonade. Ich bin so durstig nach dem langen Flug!" Sie lächelte ihn dankbar an.

Als es später dunkel wurde, entfachten die Elfen ein Feuer. Die Flammen wärmten alle herrlich und warfen einen hellen Schein auf ihre Gesichter. Die zauberhafte Musik der Maikäfer erfüllte die Luft.

„Fandet ihr die Rechenaufgaben von Severine heute auch so schwer?", fragte Enja ihre Freunde. Severine war ihre Lehrerin, eine groß gewachsene Elfe mit strengem Blick. Wenn sie schimpfte, wurden ihre Ohren noch spitzer als sonst.

Lorian nickte. „Die mit den Walnüssen fand ich am schlimmsten. Ich musste mir echte Nüsse holen und sie vor mir auf dem Tisch auslegen. Sonst hätte ich die Aufgabe nicht geschafft!"

Rubinia schlug sich an die Stirn. „O nein, das hab ich total vergessen!"

Ihre beiden Freunde sahen sie fragend an.

„Die Hausaufgaben“, erklärte Rubinia. „Ich habe vor lauter Frühling nicht daran gedacht. Wie soll ich das nur Severine erklären?“

„Besser, du fliegst nach Hause und machst sie noch schnell“, meinte Enja.

Lorian nickte. „Ich werde auch gleich gehen. Nach diesem Tag kann ich es kaum erwarten, die Augen zuzumachen. Ich habe einen ganzen Haufen Ameisen gehütet. Und dann hat sich auch noch ein Schwarm Bienenkinder verflogen. Ich musste sie alle einzeln suchen!“

„Oje. Hast du sie gefunden?“, fragte Enja mitfühlend.

Lorian nickte. „Ich konnte sie mit etwas Honig locken. Aber glaubt mir, heute schwirrt mir echt der Kopf!“ Er gähnte.

Lorian hatte vom Elfenrat die Aufgabe erhalten, sich um die kleinen Tiere im Wald zu kümmern. Dies tat er auch voller Herz und Hingabe. Er liebte kleine Tiere und sie liebten ihn.

„Bevor ich gehe, hole ich mir aber noch ein paar Kuchenkrümel von Florentine", meinte Lorian grinsend. Mehr war von den leckeren Stücken nicht mehr übrig.

„Ich komme mit!“, sagte Rubinia.

Die Konditorin teilte gerade ihre Helfer ein. „Mino und Cleo, alle Teller und Tassen kommen in die Körbe“, sagte sie zu zwei Elfenkindern. Und zu zwei weiteren: „Jaris und Vinja, ihr beiden bewacht das Feuer, bis es vollkommen erloschen ist.“

Das Holz war schon heruntergebrannt. Keine Flammen mehr zu sehen. Alle vier nickten eifrig. Danach wandte Florentine sich Lorian zu und gab ihm die übrig gebliebenen Brösel.

Der Elfenjunge vernaschte gerade den letzten Rest, da kam eine Füchsin zu den Freunden gelaufen. Sie sah Lorian verzweifelt an. „Hast du meine drei Jungen gesehen? Sie waren eben noch hier. Jetzt sind sie wie vom Waldboden verschluckt!“

Auf einmal schien Lorian wieder hellwach zu sein. „Ich helfe dir beim Suchen“, sagte er zu der Füchsin.

Schnell verabschiedete er sich von seinen beiden Freundinnen: „Bis morgen!" Dann lief er gemeinsam mit der Fuchsmutter in Richtung Wald.

„Der arme Lorian", meinte Enja. „Hoffentlich finden sie die kleinen Füchse schnell." Sie gähnte. „Ich muss auch dringend ins Bett. Ich habe heute so viele Bänder für das Frühlingsfest geflochten. Wahrscheinlich träume ich die ganze Nacht davon."

Das Frühlingsfest war eines der größten Feste im ganzen Wald. Alle Elfen freuten sich schon sehr darauf. In wenigen Tagen war es wieder so weit.

„Welche Materialien verwendest du denn diesmal?", fragte Rubinia neugierig.

„Ich habe mir überlegt, verschiedene Federn

zu nehmen. Außerdem habe ich übers Jahr leere Eierschalen gesammelt, die noch gut erhalten sind. Die klebe ich mit auf."

Enja war eine begabte Künstlerin. Daher hatte der Elfenrat ihr den Auftrag gegeben, den Wald für die vielen Feste und Anlässe zu schmücken. Egal zu welcher Jahreszeit, sie schaffte es immer, den Wald mit ihrem Schmuck zu verzaubern. Und sie hatte auch fantastische Ideen für Geschenke. Zum Geburtstag hatte sie Rubinia einen wunderschönen Füller aus Holz geschnitzt.

„Federn? Oh, das sieht bestimmt traumhaft aus, wenn es fertig ist!", schwärmte Rubinia. „Wie gut, dass du diese Aufgabe bekommen hast. Bei mir wäre hinterher sicher alles ein furchtbares Durcheinander." Sie lachte bei der Vorstellung.

„Jeder von uns hat seine Talente und genau die richtigen Aufgaben“, sagte Enja lächelnd.

Da hatte sie recht. Rubinias Aufgabe war es, im Wald die Gerechtigkeit, Wahrheit und Harmonie wiederherzustellen. Als sie diesen Auftrag erhalten hatte, war Rubinia zunächst enttäuscht gewesen. Sie hatte von einem Zauberstab und echter Magie geträumt. Stattdessen hatte sie ein Amulett bekommen. Dieses war mit seinen bunten

Edelsteinen zwar wunderschön, aber eben kein Zauberstab.

Doch inzwischen hatte sich Rubinia mit ihrer Aufgabe angefreundet. Wo mehrere Wesen an einem Platz lebten, kam es auch mal zu Streit oder Uneinigkeit. Daher war es wichtig, dass es jemanden gab, der nach Lösungen suchte. Die Edelsteine hatten Rubinia dabei schon oft geholfen. Und das, obwohl sie mit ihnen nicht zaubern konnte. Dafür leuchteten die Steine, um Rubinia zu zeigen, wenn sie auf der richtigen Spur war.

„Komm, ich begleite dich nach Hause", meinte Enja.

Die beiden Elfenmädchen erhoben sich. Auch einige ältere Elfen ringsherum verabschiedeten sich und wünschten allen eine gute Nacht. Rubinia und Enja kamen an den vier Elfenkindern vorbei, die Florentine geholfen hatten. Sie spielten ein lustiges Hüpfspiel, lachten viel und schienen gar nicht müde zu sein.

Wieder zu Hause angekommen, setzte sich Rubinia an ihren Tisch. Sie wohnte bei Florentine im Baumhaus. Die Konditorin hatte sie aufgenommen, nachdem Rubinias Eltern bei einem Sturm gestorben waren.

Die kleine Waldelfe seufzte und schaute auf ihre Schulhefte. Lust auf die Hausaufgaben hatte sie überhaupt keine. Doch sie wollte Severine auf keinen Fall verärgern. Also schnappte sich Rubinia ihren Füller und legte los. Allerdings war sie so müde, dass ihr Kopf bald nach unten sank …

Sie erwachte durch laute Rufe und das Schlagen einer Alarmglocke.

# Der Lebensbaum in Gefahr

Feuer! Feuer! Es brennt!“

Rubinia setzte sich am Schreibtisch auf und rieb sich die Augen. Was war denn los? Hatte sie geträumt? Da ertönte wieder lautes Rufen und das Schlagen der Glocke. Sie war wach!

Ihr Herz klopfte aufgeregt, als sie zu ihrer Öffnung im Baum flog. Ein junger Elf war zu sehen. Er lief mit einer Blechglocke umher und rief: „Alle herhören! Am Waldrand ist ein Feuer ausgebrochen. Wir brauchen jeden, der helfen kann!“

Rubinia erschrak. Ein Feuer? Wie furchtbar!

Immer wieder schlug der junge Elf laut die Glocke, bis alle Bescheid wussten.

„Wir treffen uns auf der großen Wiese beim Lebensbaum!“, erklärte er dann.

In Windeseile machten sich die Elfen und andere

Waldbewohner auf den Weg. Die meisten von ihnen trugen Schlafanzüge und Schlafmützen.

Die Wiese mit dem Lebensbaum lag ein ganzes Stück entfernt am Waldrand. Es dauerte eine Weile, bis sie dort ankamen.

Schon von Weitem war das Lodern der Flammen zu erkennen. Das Feuer hatte ein paar Bäume am Waldrand erfasst. Auch ein Teil der Wiese brannte. Rubinia sah sich unter den anderen Waldbewohnern um. Manche waren vor Schreck ganz stumm, andere redeten wild durcheinander.

Neben dem alten Lebensbaum bemerkte Rubinia einige Elfen aus dem Elfenrat. Darunter war Marandor, den Rubinia gut kannte. Sie mochte den alten Elfen, auch wenn er sie schon oft ermahnt hatte. Rubinia konnte die besorgten Blicke der weisen Elfen erkennen. Denn zwischen dem Lebensbaum und den brennenden Bäumen lagen nur wenige Schritte. Der Lebensbaum war in großer Gefahr!

Jeder Baum im Wald war wichtig. Doch der alte Lebensbaum hatte eine besondere Bedeutung. Der Elfenrat tagte unter ihm und holte sich bei ihm Hilfe. Man sagte, der Lebensbaum spreche nur mit den weisen Elfen, mit niemandem sonst. Da der Baum schon viel erlebt hatte, war er selbst sehr weise. Wenn er dem Feuer zum Opfer fiele, würde dies den ganzen Wald in großes Unglück stürzen.

Schnell bildeten die Elfen lange Ketten und reichten Wassereimer weiter. Rubinia reihte sich unter ihnen ein und half tatkräftig mit. Enja und

Lorian brachten gemeinsam mit ein paar anderen Elfen Erde und Sand, um das Feuer einzudämmen. Zum Glück fing es nach einer Weile an zu regnen. „Aquarius und seine Freunde sind da!", dachte Rubinia erleichtert. Sie kannte den Wassertropfen gut. Dennoch dauerte es mehrere Stunden, bis das Feuer restlos gelöscht war. Alle Waldbewohner waren sehr erschöpft. Rücken und Arme taten ihnen weh und sie mussten sich setzen.

Die Blumenelfen kümmerten sich um die verletzten Pflanzen und Bäume. Dafür ließen sie ihre Zauberstäbe über alle verbrannten Stellen kreisen. Andere Elfen zauberten Licht herbei, damit die Blumenelfen die Wunden besser sehen konnten. Langsam, ganz langsam begannen sich die Stängel und Zweige zu erholen. Trotzdem würde es eine Weile dauern, bis es den Pflanzen wieder richtig gut ging.

Marandor bedankte sich bei allen für ihre Hilfe. „Wir haben es geschafft. Zum Glück ist niemand schwer verletzt worden. Ihr könnt beruhigt nach Hause gehen", sagte er.

Die Waldbewohner atmeten erleichtert auf und klatschten voller Freude in die Hände. Von Florentine bekam jeder noch eine kleine Stärkung mit auf den Weg. Jetzt aber ab ins Bett! In wenigen Stunden würde die Sonne wieder aufgehen.

Kurze Zeit später lag Rubinia in ihrem weichen Moosbett. Sie hatte die Augen geschlossen, schlief aber noch nicht. Stattdessen fragte sie sich: Wie war es nur zu diesem schrecklichen Brand gekommen? Ein Gefühl sagte ihr, dass es ihre Aufgabe war, das herauszufinden.

Als wolle er ihr zustimmen, leuchtete der türkise Edelstein in ihrem Amulett auf. Doch das Amulett lag auf ihrem Nachttisch und Rubinia bemerkte den Schimmer nicht. Die kleine Elfe war endlich unterwegs ins Land der Träume.

# Schlaffrei

Als Florentine die kleine Waldelfe am nächsten Morgen weckte, fiel ihr Blick auf den Tisch. Heft und Füller lagen geöffnet da. Auf einer Seite hatte die Tinte einen großen Fleck hinterlassen.

„Du bist wohl in vielerlei Hinsicht etwas vergesslich“, tadelte Florentine sie.

Rubinia seufzte. Erst ihr unfreiwilliges Schläfchen, dann der Brand ... Die Nacht war einfach zu abenteuerlich für Hausaufgaben gewesen. Severine würde nicht sehr erfreut sein. Doch jetzt war es zu spät. Eilig stand Rubinia auf und packte ihre Tasche.

Bevor sie losflog, gab Florentine ihr noch zwei Äpfel und einen Mandel-Muffin mit. Er duftete himmlisch.

Nur einen Moment später kamen auch schon Enja und Lorian herbei. Zu dritt machten sie sich auf den Weg in Richtung Schule.

„Mann, das war vielleicht eine Aufregung heute Nacht!“, rief Lorian. „Füchse, Feuer ... Ich bin total fertig!“

Rubinia sah ihn an. „Habt ihr die Fuchskinder wieder gefunden?“

Lorian nickte. „Ja. Aber der Kleinste kam erst ziemlich spät wieder zum Vorschein. Er hatte sich sehr weit vom Festplatz entfernt. Bis zum Waldrand war er ausgebüxt!“ Er seufzte. Dann fragte er: „Sagt mal, was riecht denn hier die ganze Zeit so gut?“ Er sah sich suchend um.

Rubinia lächelte, griff in ihre Tasche und zog den Muffin heraus. „Hier, du kannst die Hälfte haben.“

Das ließ sich Lorian nicht zweimal sagen. Genüsslich mampfte er seinen Teil. „Du bist die Beste, danke! Mein Tag ist gerettet!“

„Gern geschehen.“ Rubinia steckte die andere Hälfte wieder ein. Sie würde sie später essen.

In der Schule sahen alle Elfenkinder heute sehr müde aus. Selbst ihre Lehrerin Severine hatte dunkle Schatten unter den Augen und gähnte auffallend oft.

„Wie viel ist drei plus drei minus vier?“, fragte sie und zeigte auf ihre Tafel. Dort stand die Aufgabe. Doch niemand antwortete ihr. Stattdessen ertönte ein lautes Schnarchen. Rubinia drehte sich um. Es war Lorian!

Rubinia musste kichern.

„Ich weiß wirklich nicht, was … es da zu … lachen …“ Die

Lehrerin verstummte und schloss die Augen. Sie war mitten im Satz eingeschlafen! Ein paar Elfenkinder kicherten.

Rubinia nutzte den Moment, um ihre Rechenaufgaben noch einmal sauber abzuschreiben. Sie hatte Glück. Severine wachte erst wieder auf, als ein Buntspecht zu klopfen begann.

„Ja, bitte? Herein!", rief die große Elfe und schlug verwirrt die Augen auf. Da schien sie zu bemerken, wo sie war und dass sie eingeschlafen war. Fassungslos schüttelte Severine den Kopf.

Doch dann sagte sie: „Das hat so keinen Sinn. Der Unterricht ist für heute beendet. Ihr habt schlaffrei. Wir sehen uns morgen wieder. Seid bitte pünktlich!"

Alle Elfenkinder jubelten und wirkten plötzlich hellwach.

Rubinia war froh, dass sie für den Rest des

Tages frei hatte. Sie musste so schnell wie möglich herausfinden, wie das Feuer entstanden war!

Auf dem Nachhauseweg fragte sie ihre Freunde: „Könnt ihr mir helfen? Ich muss einige Waldbewohner zum Feuer befragen. Vielleicht weiß jemand etwas darüber, warum das Feuer ausgebrochen ist."

„Tut mir echt leid. Ich würde dich gern begleiten, aber ich muss heute alle Federn nach Farben sortieren. Danach wollte ich mit dem Aufkleben beginnen. Sonst werde ich nicht rechtzeitig fertig", antwortete Enja.

Auch Lorian schüttelte den Kopf. „Ich habe nachher einen Termin beim Elfenrat. Ich möchte ihn fragen, ob ich einen Kindergarten für Tierkinder bauen darf."

Das waren natürlich wichtige Gründe, die Rubinia gut verstand. Dann musste sie eben allein los!

# An Ort und Stelle

Bevor Rubinia sich auf die Suche nach Antworten machte, ruhte sie sich kurz zu Hause aus. Auch sie war müde von der aufregenden Nacht.

Als die kleine Waldelfe wieder wach wurde, duftete es magisch. Florentine hatte feine Apfelpfannkuchen gebacken. Rubinia verdrückte gleich drei Stück. Gestärkt flog sie los.

Zunächst besuchte sie Feodor, den Farn.

„Mylady! Schön, Sie zu sehen!", rief ihr der grüne Freund entgegen. Er verbeugte sich galant vor ihr, als wäre sie eine Prinzessin. „Wie geht es meiner teuren Teuersten? Oder muss es heißen: meiner teuersten Teuren?", fragte er nachdenklich.

Rubinia lächelte. „Mir geht es gut. Aber das Feuer

von heute Nacht macht mir große Sorgen", sagte sie und ließ sich neben ihm nieder. „Weißt du mehr darüber?"

„Bedaure, nein", antwortete der Farn. „Man munkelt ja allerhand, wenn der Tag lang und der Wald grün ist. Und das ist er ja in diesen Tagen endlich wieder. Ich persönlich finde den Frühling –"

„Tut mir leid, Feodor, aber ich habe nicht viel Zeit", unterbrach Rubinia ihn liebevoll. „Ich muss noch andere Waldbewohner fragen. Damit die Sache so schnell wie möglich aufgeklärt wird."

„Natürlich. Da will ich dich nicht länger aufhalten, meine liebste Liebe." Der Farn winkte ihr mit seinen gefiederten Blättern nach.

Gerne hätte Rubinia auch Mozzarella, den Igel, befragt. Doch leider war er nicht da. An seiner Tür hing nur ein Zettel, auf dem stand: „Binne in Urlaube. Ciao!"

Rubinia flog weiter.

Die prächtige Blätterkrone von Kornelius war

schon von Weitem zu erkennen. Die alte Eiche war einer von Rubinias besten Freunden. Es war wundervoll, auf den moosigen Wurzeln zu liegen und in das Blätterdach zu schauen. Aber dafür hatte Rubinia heute keine Zeit.

„Grüß dich, liebe Freundin", sagte der große Baum sanft. Mit seinen Blättern fächelte er ihr Luft zu.

„Das tut gut", sagte die kleine Elfe lächelnd und genoss die Abkühlung. Dann wurde ihr Blick wieder ernst. „Sag mal, weißt du mehr über den Brand von heute Nacht?"

Die Bäume übermittelten jede Neuigkeit im Wald blitzschnell mit ihren Blättern. Doch Kornelius schüttelte seine Krone. „Bisher nicht. Die anderen sagen nur: Die Ursache ist nicht dort zu suchen, wo das Feuer ausgebrochen ist."

Rubinia runzelte die Stirn. Was meinte er damit?

„Der schöne Türkis in deinem Amulett wird dir sicher helfen", meinte Kornelius.

Rubinia schaute auf ihr Amulett. Jetzt erst bemerkte sie, dass einer der Steine leuchtete. „Türkis, was für ein schöner Name!", dachte sie. Sein Leuchten zeigte ihr, dass es wohl wirklich ihre Aufgabe war, das Rätsel um den Brand zu lösen.

„Ein Türkis steht für Lebensfreude und Verbundenheit. Alles, was lebt, ist miteinander verbunden. Wusstest du das?“

Rubinia nickte, so ganz verstand sie es aber nicht. Und sie hatte auch nicht genug Zeit, um nachzufragen. Das Einzige, woran sie denken konnte, war das Feuer.

Die kleine Waldelfe verabschiedete sich von der Eiche und machte sich auf zum Waldrand. Selbst wenn dort nicht die Ursache für den Brand lag, würde sie vielleicht dennoch einen Hinweis finden.

Als Rubinia am Waldrand ankam, waren die Blumenelfen immer noch eifrig dabei, den Pflanzen zu helfen. Ein paar Elfen kümmerten sich um den alten Lebensbaum. Der knorrige Riese ließ erschöpft die Äste und Blätter hängen. Die Blumenelfen sangen heilsame Lieder und zogen Kreise mit ihren Zauberstäben.

„Wird er überleben?“, fragte Rubinia besorgt.

Eine Blumenelfe nickte. „Seine Wurzeln sind

heute Nacht sehr heiß geworden. Und der Rauch hat ihm nicht gutgetan. Aber wir sind zuversichtlich, dass er es schafft", erklärte sie ihr.

Es tat Rubinia im Herzen weh zu sehen, was die Flammen angerichtet hatten. Es war schon seltsam. Feuer konnte so nützlich sein. Es wärmte einen und half beim Kochen. Doch es konnte auch großen Schaden anrichten.

Rubinia sah sich genauer um. Aber nirgends fand sie einen Hinweis auf die Ursache für den Brand. Alles, was sie sah, waren müde Pflanzen und ein kleiner, verkohlter Ast am Waldrand.

Plötzlich leuchtete der Türkis an ihrem Amulett auf. Wollte er ihr etwas sagen? Bloß was?

Rubinia flog tiefer in den Wald hinein. Dabei begegnete ihr Belinda Biber. Die Biberin war die Mutter einer großen Familie. Sie war gerade dabei, Holz für ihren Damm zu sammeln.

„Geht es deinen Kindern gut?“, fragte die kleine Waldelfe.

Belinda nickte. „Ja, wir sind alle wohlauf. Das Feuer hat uns zum Glück nicht erreicht. Nur Baldur hat wieder leichtes Bauchzwicken. Ich musste ihn deswegen gestern früher vom Fest nach Hause schicken. Bestimmt hat er einfach zu viel Blaubeer-Limo getrunken. Aber er will es nicht zugeben.“ Sie lachte.

Rubinia fragte sie, ob ihr etwas Besonderes aufgefallen sei letzte Nacht. Belinda wusste allerdings auch nichts Näheres.

Rubinia bedankte sich bei ihr und flog nach Hause. Eigentlich wollte sie noch weitere Elfen und Tiere befragen. Doch langsam wurde sie müde. Sie würde wohl morgen weitermachen müssen.

# Nachts im Nebelwald

Am Abend in ihrem Bett konnte Rubinia nicht einschlafen. Der Brand beschäftigte sie sehr. Sie dachte nach. Warum gab es nirgends einen Hinweis auf das Feuer? Oder hatte sie etwas Wichtiges übersehen?

Draußen rief Tibor, der Uhu. Er war in der Nacht aktiv. Sein tiefes „Hu-Huh!“ war weit zu hören, sicher bis in den Nebelwald.

Der Nebelwald, die Nebelelfen! Ob sie etwas mit der ganzen Sache zu tun hatten?

Bei ihrem letzten Abenteuer hatte Rubinia drei junge Nebelelfen kennengelernt. Vielleicht konnten sie ihr helfen?

Rubinia wusste, dass es den Waldelfen

strengstens verboten war, in den dunklen Teil des Waldes zu fliegen. Die Nebelelfen hatten schon öfter Schaden im Elfenwald angerichtet. Außerdem gab es einen alten Streit, der nie beigelegt worden war.

Doch was, wenn sie die drei Nebelelfen nur schnell etwas fragte? Und dann gleich wieder nach Hause flog? War das erlaubt? Schließlich musste der Brand so schnell wie möglich geklärt werden. Es sollte ja auch kein zweiter ausbrechen ...

Mit diesen Gedanken beruhigte Rubinia ihr nagendes Gewissen. Sie stand wieder auf und zog sich etwas Warmes an.

Im ganzen Wald war es stockdunkel. Der Mond war heute schmal wie eine Sichel und gab nur wenig Licht. Die Bäume warfen unheimliche Schatten.

Plötzlich ertönte ein Rascheln in den Wipfeln über Rubinia. Sie fuhr zusammen, konnte aber nichts erkennen.

„Bei Nacht siehst du schöner aus als am Tag!", krächzte eine heisere Stimme.

Rubinia atmete erleichtert auf. „Rabor! Meine Güte, hast du mich erschreckt!" Ihr Herz schlug so schnell, dass sie eine Hand auf die Brust legte.

Der junge Rabe lachte. Er flatterte vor ihr auf und ab. Im Dunkeln war nur das Glänzen seiner Augen und seines langen Schnabels zu erkennen.

„Ich bringe dich eben gerne zum Lachen!", rief

er. „Außerdem hast du mir selbst beigebracht, dass es wichtig ist, anderen etwas Nettes zu sagen."

Rubinia seufzte belustigt. „Ja, aber das meinte ich eigentlich etwas anders, mein Lieber. Trotzdem, du hast es versucht. Danke. Ich hoffe allerdings, dass ich auch tagsüber nicht allzu schrecklich aussehe."

„Das tust du nicht. Du bist immer schön", sagte der Rabe leise. Und diesmal war ihm das Nettsein doch gelungen.

„Aber solltest du nicht eigentlich wie alle Elfen in deinem Bettchen liegen?", krächzte der Rabe. „Was tust du hier?" Er flog jetzt neben ihr her.

Rubinia erklärte ihm ihren Plan.

„Ich komme mit dir. Ich kann nämlich auch nicht schlafen", beschloss der Vogel.

Rubinia war einverstanden und froh, einen Begleiter zu haben. Wenigstens für ein Stück des Weges.

Am Flussufer bedeutete sie Rabor jedoch umzukehren. „Jetzt solltest du besser in dein Nest zurückfliegen", sagte die kleine Elfe ernst. Sie wollte ihn auf keinen Fall in etwas Verbotenes hineinziehen.

Nur widerwillig gehorchte der Rabe. Rubinia holte noch einmal tief Luft. Dann nahm sie allen Mut zusammen und flog los in Richtung Nebelwald.

Über dem Fluss wurde es bereits deutlich kühler. Und kurz darauf tauchte sie in die dichte Nebelwand ein, die die beiden Teile des Waldes voneinander trennte.

Im Nebelwald war es düster und muffig. Hoffentlich fand Rubinia die drei Nebelelfen schnell. „Furna? Nurur? Sirras?", rief sie leise. Doch niemand antwortete ihr.

Entmutigt flog Rubinia weiter. Vor lauter Nebel

konnte sie nicht mal ihre Flügelspitzen sehen. Ein finsteres Brummen ertönte. Sie fuhr herum. Nichts als Dunkelheit. Hoffentlich nur ein Nebeldachs, der geschnarcht hatte.

Erneut rief Rubinia die drei Elfen. Statt einer Antwort kam etwas Großes, Dunkles auf sie zu. Sie hörte ein Stampfen.

„Wer treibt sich denn da herum? Immer diese Elfenwäldler! Gestern erst und heute schon wieder. Jetzt wagen sie sich sogar auf unsere Seite? Na, wartet!" Lautes Schnauben ertönte. Das Stampfen kam näher.

„Hilfe! Bloß weg hier!", dachte Rubinia. Schnell machte sie kehrt, war aber plötzlich verwirrt. War sie aus dieser Richtung gekommen oder aus der anderen? Sie drehte sich einmal auf der Stelle im Kreis. Doch jetzt war sie noch verwirrter. Oje, was sollte sie bloß tun? Das dunkle Ding kam immer näher ...

Da ertönte über ihr ein Rascheln. „Komm mit!

Hier lang!“, hörte sie Rabor raunen. Sein schwarzer Umriss war das Einzige, was sie erkennen konnte. Der junge Rabe flog voran, Rubinia folgte.

Erschöpft ließen sie sich kurze Zeit später auf einem Stein am anderen Flussufer nieder. Hier war es wieder deutlich wärmer, wenn auch immer noch dunkel.

„Danke, dass du mich gerettet hast“, sagte Rubinia. Ihr Herz schlug schnell und sie war ganz

atemlos. „Aber eigentlich hatten wir etwas anderes vereinbart. Oder?"

„Na ja, ich kann doch meine liebste Freundin nicht einfach allein in diesen fiesen Finsterwald lassen. Fliegt's noch?"

Rubinia musste lachen. Man sagte eigentlich „Geht's noch?", doch sie wusste, was der Rabe meinte.

„Das war ja wirklich ein sehr schauriger Stinketroll", stellte der Rabe fest.

„Du meinst dieses große, dunkle Etwas?", fragte Rubinia.

„Ja. Er erinnert mich an unseren Nachtwächter hier. Nur ist der aus dem Nebelwald noch viel gruseliger. Und er stinkt grässlicher als ein riesiger Haufen Ka–"

Rubinia unterbrach ihren Freund mit einer

liebevollen Handbewegung. „Wir sollten uns jetzt besser auf den Heimweg machen. Auch mit unserem Nachtwächter-Troll ist nicht zu spaßen."

Das sah Rabor ein. Schweigend flogen sie zurück.

# Rabor hält den Schnabel nicht

Aufwachen, Rubinia! Wir müssen los!" Das war Lorians Stimme. Das fröhliche Gesicht von Rubinias Freund lugte durch die Öffnung ihres Baumes. Gähnend setzte sich die kleine Elfe im Bett auf. Sie hatte das Gefühl, nur kurz geschlafen zu haben.

Doch die Zeiger auf ihrer Baumuhr offenbarten, dass es höchste Zeit war. Enja wartete ebenfalls. Gemeinsam flogen die drei los.

Unterwegs trafen sie den weisen Elfen Marandor, der mit einer anderen Ratselfe unter einem Baum stand. Rubinia, Enja und Lorian verbeugten sich grüßend. Die weisen Elfen hoben die Hand.

„O Wunder, o Wunder, du alte Flunder!", kam es da vom Himmel. Alle sahen zum nächstgelegenen Baum. Dort saß Rabor, der Rubinia mit einem Flügel zuwinkte. „Da haben wir ja ein mächtig-schauriges Abenteuer heute Nacht erlebt, was?"

Marandor blickte auf und sah Rubinia prüfend an. O nein, er hatte Rabor gehört! Rubinia wich Marandors Blick aus und bedeutete dem Raben, sofort still zu sein.

Aber Rabor wusste nicht, was sie meinte.

Fröhlich plapperte er weiter: „Ein Ausflug in den Nabelwald! Und dann auch noch bei Nacht! Das war echt gruselig, findest du nicht?"

Rubinia hätte gern laut gelacht, weil Rabor sich versprochen und *Nabel*wald statt *Nebel*wald gesagt hatte.

Doch unter Marandors Stirnrunzeln verging ihr das Lachen. Am liebsten wäre sie im Waldboden versunken. Zum Glück kam gerade ein anderer weiser Elf und sprach Marandor an. Die drei jungen Elfen eilten davon.

„He, wo willst du denn so schnell hin?", rief Rabor. „Man antwortet wenigstens. Das hast du mir selbst beigebracht!"

Rubinia drehte sich im Flug kurz um und legte einen Finger auf den Mund. „Wir sprechen später!", flüsterte sie.

Die Schulstunden zogen sich so lang dahin wie ein Kaugummi aus Baumharz. Rubinia konnte es nicht erwarten, an der Lösung für den Brand weiterzuforschen.

Doch als sie ihre Hefte weggepackt hatte, wartete ein junger Bote des Elfenrats auf sie.

„Rubinia? Ich habe den Auftrag, dich nach Hause zu begleiten. Du hast bis morgen früh Baumarrest."

Rubinia sah ihre Freunde ratlos an. Insgeheim

wusste sie aber natürlich schon, was geschehen war. Sie hatte die Regeln gebrochen. Marandor konnte das nicht einfach durchgehen lassen.

Florentine war nicht sehr erfreut, als sie Rubinia in Begleitung des Boten kommen sah.

Beim Essen erklärte sie der jungen Elfe: „Der Nebelwald ist sehr gefährlich für uns. Wie soll ich dir nur klarmachen, dass du dort keinen Fuß hineinsetzen sollst?" Die Konditorin war ehrlich verzweifelt.

„Es tut mir so leid. Ich möchte dir keine Sorgen machen", sagte Rubinia traurig. „Ich habe doch nur versucht, meine Aufgabe zu erfüllen."

„Na komm", meinte Florentine. „Jetzt iss erst mal. Sonst wird mein Pilzauflauf noch ganz kalt. Zum Nachtisch gibt es Butterblumen-Pudding. Obwohl ich ernsthaft überlegen sollte, dir heute keinen zu geben." Sie sah Rubinia tadelnd an. Dennoch schob sie ihr ein Schälchen zu.

Nach dem Essen zog sich Rubinia in ihren Baum zurück und machte Hausaufgaben. Danach schaute sie aus dem Fenster und dachte an das Feuer. Diesmal schien ihre Aufgabe besonders schwierig. Wenn es nirgendwo einen Hinweis gab, wie sollte sie das Rätsel um den Brand dann je lösen?

Ein paar Stunden später brachte Florentine der kleinen Elfe das Abendbrot vorbei. Und einen überraschenden Besuch: Baldur, den kleinen Biber. Rubinia freute sich. Sie mochte das Biberkind von Herzen gern.

Baldur wollte ihr unbedingt etwas erzählen. „Ich habe gehört, dass du schon mit meiner Mutter gesprochen hast“, begann er. „Und ich glaube, ich habe etwas gesehen, das dich interessieren könnte.“

Rubinia sah ihn ermunternd an. „Leg los."

„Als mein Bauchzwicken am Mittwochabend besser war, bin ich noch ein bisschen spazieren gegangen", erzählte der kleine Biber. „Plötzlich sah ich einen glühenden Punkt. Er bewegte sich

durch den Wald. Das fand ich spannend. Also bin ich ihm gefolgt."

Baldur machte eine kurze Pause. „Ich dachte zunächst, es seien Glühwürmchen", sagte er dann. „Doch mir fiel ein, dass diese nicht rot leuchten. Außerdem sind sie nur selten allein unterwegs, eher in Gruppen. Ich dachte, das erzähle ich dir. Vielleicht hilft es dir ja weiter."

Rubinia bedankte sich herzlich bei ihrem kleinen Freund. Nur wusste sie noch nicht, was sie damit anfangen konnte. Während Baldur gesprochen hatte, hatte aber der türkise Edelstein auf ihrem

Nachttisch aufgeleuchtet. Das bedeutete, dass sie auf dem richtigen Weg war.

Wenn sie doch nur schon die Lösung wüsste! Ihr Herz pochte vor lauter Ungeduld. Am liebsten hätte sie auf der Stelle weitergeforscht. Allerdings wollte sie sich auf keinen Fall noch mehr Ärger mit Marandor einhandeln.

# Besuch beim Lebensbaum

Am nächsten Morgen vor der Schule hinterließ Rubinia ihren Freunden eine kurze Nachricht und flog allein voraus. Sie wollte sich noch einmal an der Stelle umsehen, an der Baldur den glühenden Punkt beobachtet hatte.

Nicht weit entfernt entdeckte Rubinia einen verkohlten Ast. Irgendwie kam er ihr bekannt vor ... Hatte sie ihn nicht schon am Tag nach dem Brand bemerkt, als sie den Waldrand abgesucht hatte?

Der Türkis in ihrem Amulett leuchtete stark. Genau wie beim letzten Mal, als Rubinia den Ast gesehen hatte. Er musste etwas mit dem Feuer zu tun haben! Also steckte sie das Stück Holz ein.

Ganz in der Nähe raschelten die Blätter des alten Lebensbaums. Rubinia war sehr froh, dass es dem weisen Baum wieder gut ging. Sie flog zu ihm hin.

Ehrfürchtig legte sie eine Hand auf seine warme Rinde. Ob er nicht doch auch mit ihr reden würde? Bei dem Gedanken machte ihr Herz einen kleinen Hüpfer. Einen Versuch war es wert!

„Lieber Lebensbaum“, begann sie. „Ich weiß, dass du normalerweise nur mit den Elfen aus dem Rat sprichst. Aber ich brauche ganz dringend deine Hilfe. Ich muss wissen, was in der Nacht des Feuers geschehen ist. Kannst du mir bitte sagen, wie der Brand entstanden ist?“

Dann lauschte sie. Nichts war zu hören. Anscheinend redete der Baum tatsächlich nicht mit jedem. Rubinia schloss die Augen, um besser auf alle Geräusche achten zu können. Vielleicht sprach der Baum ja nur sehr leise. Doch immer noch vernahm sie nichts. Sie wollte schon aufgeben, da

sah sie vor ihrem inneren Auge plötzlich das Bild eines Fuchses. Ein junger Fuchs, der über die Wiese lief.

Sie öffnete die Augen und schaute an dem Baum hoch. Er raschelte mit seinen Blättern. Sonst war nichts zu hören oder zu sehen. Hatte sie sich das alles nur eingebildet?

Dennoch flüsterte Rubinia: „Danke, lieber Baum." Ihr Herz sagte ihr, dass der Baum ihr das Bild gezeigt hatte.

Dann machte Rubinia sich auf den Weg. In wenigen Minuten begann die erste Schulstunde.

Heute musste Lehrerin Severine die kleine Waldelfe mehrmals ermahnen. Immer wieder schweiften Rubinias Gedanken ab. Es konnte doch nicht sein, dass ein kleiner Fuchs das Feuer gelegt hatte? Wie hätte er das denn tun sollen? Und vor allem: Warum?

Rubinia liebte Füchse. Sie waren sanfte, kluge Tiere, die keiner Fliege im Wald etwas zuleide taten.

Gleich nach der Schule besuchte Rubinia den Fuchsbau. Die Fuchsmutter ließ sie freundlich herein. Als sie hörte, dass jemand aus ihrer Familie etwas mit dem Feuer zu tun haben könnte, war sie bestürzt.

„Das ist doch nicht möglich", meinte sie fassungslos. Einen Moment lang war es still. Beide dachten nach.

Da ertönte plötzlich eine leise Stimme hinter ihnen. „Ich ... Kann ich etwas sagen?" Fuco, der kleinste der drei jungen Füchse, schlich mit hängendem Kopf zu ihnen.

Was hatte er denn? Sonst waren die Fuchskinder doch immer so ausgelassen und fröhlich. Rubinias Herz klopfte plötzlich schneller.

„Ich habe am Mittwochabend auf dem Fest einen kleinen Ast aus der Feuerstelle gezogen. Ich wollte gerne mit ihm spielen", begann Fuco. „Das Feuer brannte nicht mehr, aber das Holz war noch wunderbar warm in meinem Maul. Das hat mir gefallen." Er hielt inne.

Rubinia ermunterte ihn fortzufahren.

„Ich bin in den tieferen Wald gelaufen. Fast bis zum Nebelwald", erzählte Fuco weiter. „Plötzlich

wurde der Ast immer heißer und heißer. Erst hatte ich nur bemerkt, dass seine Spitze glühte …"

„Der glühende Punkt!", dachte Rubinia. Das war es, was Baldur Biber gesehen hatte! Und hatte sich der Nachtwächter aus dem Nebelwald nicht auch darüber beschwert, dass am Mittwoch jemand an der Grenze unterwegs gewesen war? Vermutlich hatte auch er den Fuchs mit dem glühenden Ast bemerkt!

„Und weiter?", fragte sie.

„Am Waldrand wurde mir der Ast dann zu heiß. Er glühte immer mehr. Fast hätte ich mir die Zunge verbrannt. Da hab ich ihn ins Gras gelegt." Der kleine Fuchs sah Rubinia reumütig an. „Ich bin doch nicht etwa schuld an dem Feuer? Wenn ich gewusst hätte, dass eine so kleine Glut so etwas Schlimmes auslösen kann ... Dann hätte ich niemals ..."

Rubinia dachte nach. Was sollte sie Fuco am besten sagen? Jetzt verstand sie auch endlich, was Kornelius gemeint hatte. Die Ursache des Feuers lag nicht am Waldrand, sondern an einer anderen Stelle. Nämlich am Festplatz, von dem der Ast stammte!

„Sagen wir so", meinte sie zu Fuco. „Ich glaube, dass dies nur ein Teil der Lösung ist. Ein weiterer

Teil fehlt noch. Ich bin sehr froh, dass du so ehrlich warst. Vielen Dank! Du hast mir sehr geholfen."

Rubinia verabschiedete sich von den Füchsen und flog davon. Sie hatte noch eine wichtige Sache zu erledigen.

# Der Wald atmet auf

Auf dem Waldspielplatz fand Rubinia die Elfenkinder, die Florentine mittwochs geholfen hatten. Sie spielten wieder ihr lustiges Hüpfspiel. Mit fröhlichem Winken luden sie Rubinia ein mitzumachen. Doch die kleine Waldelfe schüttelte den Kopf.

„Ein andermal gerne. Heute muss ich mit euch über etwas Wichtiges reden."

Die Elfenkinder schauten sie aufmerksam an.

Rubinia berichtete ihnen, was sie von dem jungen Fuchs gehört hatte.

Erschrocken sahen sich Jaris und Vinja an. Ihnen hatte Florentine aufgetragen, auf das Feuer zu achten.

„O nein!", rief Jaris. „Das heißt, in dem Ast war noch Glut, als der Fuchs ihn aus dem Feuer gezogen hat. Und durch den Wind beim Rennen ist sie noch stärker geworden." Der Elfenjunge wurde ganz blass um die Nase. „Wir hätten noch mal prüfen müssen, dass auch wirklich alles aus ist. Vorher hätten wir die Feuerstelle nicht aus den Augen lassen dürfen."

„Wie schrecklich! Das wollten wir nicht! Was machen wir denn jetzt?", fragte Vinja.

Rubinia überlegte. „Ich werde beim Elfenrat ein gutes Wort für euch einlegen. Es war ein Unfall. Und ihr und der Fuchs habt alle eingesehen, was euer Versehen war. So können wir in Zukunft verhindern, dass erneut Feuer ausbricht. Ich denke, es ist gut, wenn wir uns alle heute Abend versammeln."

Am Abend kam der ganze Wald auf Rubinias Bitte zusammen. Alle Elfen und Tiere warteten neugierig auf dem Festplatz. Sogar der Elfenrat.

Der kleine Fuchs und die beiden Elfenkinder bekamen Gelegenheit zu erzählen, wie sich alles zugetragen hatte: Die Feuerstelle hatte ausgesehen, als sei sie erloschen gewesen. Daher hatten die Elfenkinder nicht mehr darauf geachtet, sondern gespielt. Doch es hatte sich noch Glut im Feuerplatz befunden. Auch in dem Ast, den der kleine Fuchs herausgezogen hatte. Als der Ast ihm zu heiß im Maul geworden war, hatte der Fuchs ihn am Waldrand auf der Wiese abgelegt. Die Glut hatte das Feuer entfacht, das sich bis zu den Bäumen ausbreitete.

Der Fuchs wie auch die beiden Elfenkinder waren sehr aufgeregt, während sie sprachen. Aber Rubinia stand ihnen zur Seite.

Als der ganze Wald und auch der Elfenrat ihnen verzieh, hellten sich ihre Gesichter wieder auf. Alle waren spürbar erleichtert.

Marandor trat neben Rubinia und fragte: „Möchtest du auch noch ein paar Worte sagen?"

Rubinias Herz klopfte auf einmal wie wild. Sie stand nicht gern im Mittelpunkt. Was sollte sie denn sagen?

„Zum Beispiel, was du diesmal gelernt hast", ermutigte Marandor sie. Hatte er ihre Gedanken erraten?

Alle Augen waren auf Rubinia gerichtet, als sie nach vorne trat.

„Ich habe diesmal gelernt, wie wichtig es ist, gut aufzupassen. Nicht nur in der Schule ...", Rubinia lächelte Severine an. Die Lehrerin nickte überrascht. „... sondern auch, wenn man eine Aufgabe erhält. Jeden Auftrag, den man bekommt, muss man immer bis zum Ende erledigen", sprach Rubinia weiter. „Sonst kann jemand anderes in große Gefahr geraten."

Die Elfen und Tiere nickten. „Und ich habe noch etwas gelernt", fügte Rubinia hinzu und sah Marandor an. „Mit gefährlichen Dingen wie Feuer oder Feuerholz muss man sehr vorsichtig sein. Und man muss den Dingen immer bis auf den Grund gehen. Manchmal liegt die Ursache für das, was geschehen ist, an einer ganz anderen Stelle. Darum muss man sehr aufmerksam bleiben. Denn alles ist mit allem verbunden."

Großer Jubel und Applaus setzten ein. Auch vom Elfenrat erhielt die kleine Elfe anerkennende Blicke.

Dann wurde aus dem Gelernten gleich ein

Plan geschmiedet. Denn das Frühlingsfest sollte sicher sein, auch mit wärmendem Feuer. Rund um den Feuerplatz würden sie deshalb Wassereimer zum Löschen aufstellen. Außerdem gab es eine Namensliste. Darauf stand, wer das Feuer zu welcher Zeit bewachen würde. Es durften auch keine Zweige mehr herausgezogen werden.

Das Frühlingsfest schien in diesem Jahr besonders fröhlich und bunt. Enjas zauberhafte Bänder und Gestecke wurden von allen bewundert.

Auch Lorian bekam großes Lob für seinen Tier-Kindergarten. Er hatte einen Plan erstellt und mit ein paar anderen Elfen schon zu bauen begonnen. Den allergrößten Dank erhielten aber die fleißigen Blumenelfen. Seit dem Brand hatten sie Tag und Nacht daran gearbeitet, alle Pflanzen und Bäume wieder zu heilen. Es war ihnen sehr gut gelungen.

Jetzt konnte der Frühling richtig kommen!

Alle waren wieder glücklich. Sie sangen und tanzten zur Musik der Maikäfer. Auch Rubinia. Allerdings wurde sie etwas nervös, als sich Marandor in einer Pause zu ihr setzte.

„Den *Nabel*wald kannte ich noch gar nicht", sagte er leise, sodass die anderen ihn nicht hörten. Sie beide wussten, dass es eigentlich „*Nebel*wald" hieß und Rabor sich nur versprochen hatte. Der alte Elf zwinkerte ihr zu. In seinen Augen lag jedoch auch eine gewisse Strenge.

„Es tut mir schrecklich leid. Ich wollte nicht unartig sein", gestand Rubinia.

„Nun, in Anbetracht der Umstände habe ich deine Strafe milde ausfallen lassen. Ich gehe aber davon aus, dass du und dein gefiederter Freund in Zukunft die Flügel von weiteren Besuchen lasst."

Rubinia nickte eifrig.

„Und mir tut meine Verplapperung fürchterbar leid!", rief Rabor, der nun angehüpft kam. Seine Augen glänzten. „Wenn ich den Schnabel gehalten hätte, dann –"

Rubinia gab ihm ein Zeichen, still zu sein. „Dein Schnabel ist großartig, wie er ist!"

Verdutzt sah der Rabe erst sie an, dann seinen Schnabel. Dabei musste er ein wenig schielen. „Oh, wirklich? Das hat mir noch nie jemand gesagt ..."

Marandor schmunzelte und ließ die beiden allein.

Rubinia atmete auf.

Dankbar strich sie über das Amulett an ihrem Gürtel. Wieder hatten die Steine ihr und dem ganzen Wald einen großen Dienst erwiesen.

Ihr Herz machte einen fröhlichen Sprung. Sie freute sich schon auf ihr nächstes Abenteuer!

**Karen Christine Angermayer** ist Autorin, Verlegerin und Ghostwriterin mit Herz und Seele. Ihr Kopf und ihr Schreibtisch sind immer randvoll gefüllt mit tollen Ideen und Projekten, die sie gerne gaaanz schnell umsetzen will. Darin ist sie der kleinen Waldelfe Rubinia sehr ähnlich. Karen Christine Angermayer lebt mit ihrer Familie am Bodensee und in Rheinhessen.

**Elke Broska**, geboren 1980, studierte Design in Bielefeld und Mainz. Seit 2007 arbeitet sie freiberuflich für zahlreiche Verlage. Sie lebt mit ihrem Mann in Wiesbaden am Fuße des Taunus und unternimmt dort mit ihrem Hund sehr gerne Spaziergänge durch den Wald. Eine Elfe hat sie dabei zwar bisher noch nicht getroffen, aber wer weiß?